LES BÉBÉS

TEXTE PAR LE Cte F. DE GRAMONT
VIGNETTES PAR OSCAR PLETSCH

COLLECTION HETZEL — IMPRIMÉ PAR J. CLAYE

J. HETZEL, ÉDITEUR
PARIS, 18 RUE JACOB

LIBRAIRIE FIRMIN DIDOT FRÈRES ET FILS
56 RUE JACOB

LES BÉBÉS

LES BÉBÉS

TEXTE PAR LE Cte F. DE GRAMONT
VIGNETTES PAR OSCAR PLETSCH

COLLECTION HETZEL — IMPRIMÉ PAR J. CLAYE

J. HETZEL, ÉDITEUR
PARIS, 18 RUE JACOB
LIBRAIRIE FIRMIN DIDOT FRÈRES ET FILS
56 RUE JACOB

1861

PREFACE DE L'ÉDITEUR

Notre époque littéraire, éblouie et comme embarrassée des richesses poétiques que lui a léguées la génération de 1830 à 1848, en a sinon méconnu, au moins oublié quelques-unes. L'auteur des vers qu'on va lire, M. le comte de Gramont, est un des poëtes que la postérité, « qui exhume aussi bien qu'elle enterre, » que la postérité, disons-nous, connaîtra, et que les Sainte-Beuve de l'avenir ressusciteront si les Sainte-Beuve du temps présent négligent de les faire vivre de leur vivant.

M. F. de Gramont a écrit autrefois tout un volume de sonnets et de petits poëmes où la science des vers est poussée jusqu'à la maîtrise, sans que cette science étouffe jamais chez lui l'inspiration. Ce volume, intitulé *Chants du Passé,* a eu pour amis, pour admirateurs, tous les grands poëtes de ce temps-ci.

L'auteur, trop modeste, — c'est une vertu de trop dans un poëte, — l'auteur a presque laissé périmer l'émotion par lui produite autrefois. Il ne s'est pas dit assez qu'avec notre public affairé c'est par des coups répétés que l'attention obtenue se retient. Il a laissé dormir sa muse, et, pour ne pas perdre toute habitude d'écrire, il s'est contenté de se faire un nom estimé parmi les rares romanciers moraux de ce moment.

Nous avons cru bien faire en amenant M. de Gramont à rappeler au public qu'il fut et que par conséquent il est un poëte.

Nous avons demandé et presque imposé à son amitié une tâche que beaucoup eussent jugée impossible.

Un dessinateur allemand qui méritait d'être connu en France, l'élève préféré du célèbre Ludwig Richter, a crayonné une sorte de petit poëme enfantin sur la vie et les coutumes quotidiennes des tout petits enfants. Il s'agissait de s'inspirer de ces jolies compositions dont la candeur singulière est le plus grand mérite, et d'ajouter à ce livre si naïvement dessiné un livre français écrit avec goût et pureté dans le même bon sentiment qui l'avait fait naître.

L'auteur des *Chants du Passé* s'est mis à l'œuvre en souriant, et, avec un bon vouloir charmant, il a traduit, commenté, poétisé les dessins de l'artiste allemand; il les a fait parler, parler en vers simples et touchants, et a écrit ainsi, comme en se jouant, le livre que voici.

Les petites choses servent aux plus grandes. Nous avons le secret espoir que les vers doux et faciles dont se compose ce volume, destiné à l'enfance, remettront en la mémoire de tous les *Chants du passé*, et que l'auteur se trouvera ainsi rémunéré de la grâce et du talent qu'il a répandus autour des petits dessins d'Oscar Pletsch.

Les mères sauront gré aussi, nous en sommes assuré, au savant et charmant poëte d'avoir bien voulu grossir d'un bon et aimable livre de plus la bibliothèque de la première enfance; et ce sera là encore sa meilleure récompense.

J. HETZEL.

A LOUIS ET A SUZANNE

PRÉFACE

Un instant quittez vos joujoux ;
Enfants, venez voir ces images,
Et dans tous ces petits visages,
Dites, vous reconnaissez-vous ?

Dans tous ?... Non pas, mais presque tous :
Car les enfants gentils et sages,
Joyeux pourtant, point en dessous,
Ceux-là vous ressemblent ; c'est vous.

Pour ceux qui sont d'autre nature,
Maussades, sournois ou mutins,
Ce sont quelques méchants lutins
Qui, par une triste imposture,
Mettant vos parents en courroux,
Prennent parfois votre figure ;
Mais on sait que ce n'est pas vous.

LE PETIT OISEAU

Comment faut-il que l'on t'appelle,
Pauvre petit bébé d'oiseau ?
Es-tu le fils d'une hirondelle,
Ou n'es-tu qu'un simple moineau ?

Tu n'as point de plumes encore :
Peut–être, enfant du rossignol,
Iras–tu, dans la nuit sonore,
Promener ton ré–mi–fa–sol.....

Pour l'instant tu n'y songes guère ;
Tu pleures, geins et te débats.
Mais, si j'avais perdu ma mère,
Moi–même je ne vivrais pas.

Je voudrais te rendre à la tienne ;
Mais tout seul dans ton petit nid
Je t'ai trouvé, qu'il t'en souvienne !
Dieu même en mes mains te remit.

A présent ma tâche est marquée :
Que tu sois beau, que tu sois laid,
Je te donnerai la becquée
Avec du pain blanc et du lait.

Je t'aimerai..... Déjà je t'aime
Mieux que poupée et que joujoux :
Aussi m'aimeras-tu toi-même
Comme un petit oiseau bien doux.

Et je te mettrai, pour ta peine,
Quand tu seras grand tout à fait,
Dans une cage toujours pleine
De mouron frais et de millet.

LA FÊTE DE LA MAMAN

— Bonjour, monsieur le jardinier :
S'il vous plaît, un petit rosier,
Mais tout rempli de fleurs, malgré sa petitesse,
Avec un pot d'œillets de la plus belle espèce,
Pour qu'il se garde toujours frais.

— Et vous voulez cela bien vite,
N'est-ce pas, ma belle petite?
Vous attendez sans doute après?

— Oh oui! pensez, j'ai tant à faire!
C'est aujourd'hui la fête de maman;
Il me faut, pour lui plaire,
D'ici ce soir, et bien secrètement,
Tout préparer, ma page d'écriture
Et mon chef-d'œuvre de couture,
Puis repasser encor mon compliment...

— C'est vrai, voilà beaucoup de peine.

— Oh oui! mais j'en suis bien certaine,
Maman verra que j'ai fait de mon mieux;
Et pour la rendre satisfaite,
Pour qu'elle ait une belle fête,
Rien ne semble plus ennuyeux.

LA CHARITÉ

— Avec ce chapeau qu'il nous tend,
Que fait-il là se lamentant,
Que dit-il, le pauvre caniche?

— Ma sœur, il dit qu'il n'est pas riche.
Il dit : Voyez, mon maître est vieux,

Si vieux, qu'il a perdu les yeux.
Il n'a rien que ce qu'on lui donne.
Enfants, une petite aumône
Pour qu'il puisse acheter du pain.
On souffre tant quand on a faim !

— Ah ! pauvre homme, la triste histoire !
Et que je le plains de bon cœur !

— Écoute alors, petite sœur :
Aujourd'hui, si tu veux m'en croire,
Nous nous passerons de gâteau,
Et l'argent, de cette manière,
Nous le mettrons dans le chapeau.

— Oui, c'est cela, mon petit frère :
Donne-lui tout, au pauvre vieux,
Qu'il mange à sa faim bien entière,
Et qu'il lui revienne des yeux.

— Enfants, dit le vieillard, merci : Dieu vous bénisse !

Et le frère et la sœur, se tenant par la main,
Reprirent alors leur chemin :
Et jamais tarte, pain d'épice,
Galette, baba, massepain

Et pralines même — à la rose —
Ne leur mirent au cœur tant de félicité
Que ce gâteau défunt avant d'avoir été.

Ils s'étaient, pour donner, privés de quelque chose :
Ils avaient fait la charité.

LA PETITE PLANTE

Voyez-la, ma petite plante :
Comme elle a repris ses couleurs!
Grandie à présent et vaillante,
Elle a déjà cinq ou six fleurs.

Elle était bien triste et chétive
Pourtant, quand je l'ai mise ici.
Qu'il m'a fallu, pour qu'elle vive,
Prendre de peine et de souci !

Dans la terre où je l'ai placée
Je n'ai pas laissé de cailloux ;
Je l'ai de. rameaux enchâssée,
Pour lui faire un soleil plus doux.

Avec des planches autour d'elle
J'ai construit un petit bassin,
Pour lui porter l'eau que, fidèle,
J'y viens verser soir et matin.

Sans trêve enfin je l'ai veillée,
Ainsi qu'un enfant au berceau.
Mais aussi suis-je bien payée
D'un soin si constant et si beau.

Les petites plantes, de même
Que les enfants, que les oiseaux,
Connaissent bien quand on les aime,
Et le témoignent à propos.

La mienne, toute la première,
Me remercie en m'embaumant;
Elle me rit à sa manière :
Je suis sa petite maman.

CIGOGNES ET HIRONDELLES

Si vous viviez, enfants,
Au pays d'Allemagne,
En ces jours triomphants
Où renaît la campagne,
Vous diriez un matin,
Oyant un bruit soudain :
« Klip-klap! Que l'on écoute...
« Vous l'entendez aussi.
« Klip-klap! Qui fait ainsi?
« La cigogne, sans doute. »

Et tous, courant dehors,
Vous la verriez alors
Qui, sur le toit perchée,
Prépare sa nichée ;
Signe qu'en ces climats
Enfin est terminée
Et close pour l'année
La saison des frimas.

Mais jamais la cigogne,
Excitant vos gaîtés,
N'accomplit sa besogne
En nos tièdes cités.
Ici c'est l'hirondelle
Dont le retour fidèle
Du printemps gracieux
Vient avertir vos yeux.
Cent fois, en votre vie,
Vos regards l'ont suivie
Quand, d'un rapide essor,
Elle passe et repasse,
Tourne et fuit dans l'espace,
Pour revenir encor ;
Soit qu'en sa presse elle aille
Maçonner son logis,
Ou bien qu'elle travaille
A pourvoir ses petits.

Cigognes, hirondelles
Vivaient, au temps passé,
Chez nous comme chez elles;
Et, bien ou mal placé,
Sans soulever de plaintes,
A l'abri des atteintes
Leur nid était laissé.
Y faire une victime
Eût passé pour un crime.
Mais à l'homme aujourd'hui
Un semblable scrupule
Paraît bien ridicule.
Ces deux hôtes chez lui
Sont-ils donc inutiles?
Là-bas le grand oiseau
Fait la guerre aux reptiles;
Et son petit jumeau
Nous sauve du fléau
Des insectes sans nombre
Qui grouillent dans notre ombre.
— Minces services. — Soit!
Mais tous ceux qu'on reçoit,
Vaut-il pas mieux en être
Plus touché qu'on ne doit,
Que de les méconnaître?

LE FOND DU PUITS

Petits enfants, Dieu vous assiste !
Tous penchés au bord de ce puits,

Vous regardez dedans... Et puis?
Qu'ont-ils donc, cette eau froide et triste,
Ce grand trou, de si curieux
Pour arrêter ainsi vos yeux?

— Voyez-vous, dit l'un, cette tête
Qui remue? — Où ça? Tout au fond?
— Non, plus haut, où se fait le rond.
— Oui, oui, je vois. — C'est une bête!
Elle voudrait bien nous manger...
Mais n'ayons pas l'air de bouger.

Et leur propre voix qui s'enfourne
Dans le vide ajoute à l'effet
Que produit sur eux leur reflet.
Leur cœur bat, la tête leur tourne:
Tout près d'appeler au secours,
Pourtant ils regardent toujours.

Petits enfants, il paraît même
Qu'on se noie en ce puits trompeur.
C'est bien amusant d'avoir peur,
Mais pour soi, non pour ceux qu'on aime;
Si vous tombiez — songez un peu! —
Pour vos mères serait-ce un jeu?

LE MOUTON

Mon petit homme, on l'appelle Pierrot ;
Et moi je suis sa grande sœur Annette.
Notre mouton, lui, s'appelle Jeannot ;
Et notre pré verdit et se fleurette.

Pierrot s'assoit sur Jeannot le mouton :
Comme il est grand ! Tout le monde l'admire.

Pouf! le voilà tombé sur le gazon...

Non, ne crains rien; ce n'était que pour rire.

COMMENT UNE CRUCHE SE CASSE

La petite Lisette
Veut travailler : c'est bien.
Mais il faut qu'on permette
Qu'à sa façon toujours la besogne soit faite ;
Et cela ne vaut rien.

Voyez, sur la prairie,
Ce linge qu'on étend :

C'est que la toile en est tout fraîchement sortie
Des mains du tisserand,
Et pour perdre la couleur bise,
Il faut ainsi qu'à l'air elle soit mise.
De là vient qu'on va répétant :
Pas de trame si bien ourdie
Qu'on n'arrive à la découvrir.
C'est un proverbe, enfants, qui vaut qu'on l'étudie.
Tâchez de vous en souvenir.

Je reviens à Lisette :
Elle voit que l'on jette
Sur les linges de l'eau, pour rendre encor plus prompt
L'effet que le soleil et le vent produiront.
Bon ! la voilà qui, dans son zèle,
S'arme... de quoi? d'une écuelle,
D'une tasse, d'un broc ou d'un simple arrosoir ?
Non pas, mais d'une cruche à l'ample réservoir,
Et grande, peu s'en faut, comme elle.
— Lisette, sois plus sage, ou cela finira
Mal : la cruche est trop lourde, elle t'échappera.
Elle, sans écouter, arrose, arrose, arrose,
Vide et remplit sa cruche, et fière, non sans cause :
— « Ce que je fais, dit-elle, est bien fait... » Patatras !
La fillette est à bas,
Et la cruche en éclats.

Mais Lisette à se plaindre aurait mauvaise grâce.

Le mot n'est pas nouveau :

Tant va la cruche à l'eau

Qu'enfin elle se casse.

NE BOUDE PLUS

Sous les feuilles vertes,
Sur les verts gazons,
Fillettes alertes
Et joyeux garçons,
Sautons et jouons!

Toi, là-bas, Lisette,
Pourquoi restes-tu
Comme une chouette,
Et nous tournes-tu
Un dos si bourru?

Tu sais bien qu'on t'aime.
A quoi bon ainsi
Te punir toi-même?
Ta poupée aussi
En a du souci.

On peut, quand on joue,
Se fâcher un peu;
Mais faire la moue
Sans fin ni milieu,
Ce n'est plus de jeu.

Sois de meilleur compte;
Ne perds plus ton temps.
Allons, pas de honte!
Reviens dans nos rangs :
Nous serons contents.

Et, sur les deux jambes
Tant que l'on pourra,
Pour rester ingambes,
On s'en donnera,
Traderidera!

Sous les feuilles vertes,
Sur les verts gazons,
Fillettes alertes
Et joyeux garçons,
Sautons et jouons !

OUS LE POIRIER

GOURMANDISE

Sur le poirier, là-haut, l'écureuil est resté ;
Et, dessous, petit Paul rudement est jeté.

Paul est robuste, il est agile,
Mais, par malheur aussi, gourmand ;

De là ce triste dénoûment.

Aux branches de l'arbre, par mille,

Pendent les poires du bon Dieu,

Grosses à point et d'une mine!...

Maître écureuil est au milieu,

Qui tour à tour les examine.

« Diantre! S'il allait tout manger, »

Dit Paul avec un air farouche,

Sentant ses mains lui démanger

Et l'eau qui lui vient à la bouche;

« Non, certes, j'en aurai ma part. »

Il dit, et le voilà qui part;

Des deux bras au tronc il s'attache;

A l'aide des pieds, des genoux,

S'y hisse, et n'a point de relâche

Qu'il ne soit en haut, le jaloux.

Là, sur ses deux pieds il se dresse.

A ses regards, de tous côtés,

Frétillent les fruits convoités.

Il veut les saisir; dans sa presse,

Il tend les deux mains à la fois...

(Hélas! que n'en avait-il trois!

Mais il en eût été de même.)

A son étonnement extrême,

Puni par son avidité,

Plus vite qu'il n'était monté

Monsieur Paul apprend à descendre,

Et sa chute lui fait comprendre

Qu'on peut avoir bon pied, bon œil,
Et ne pas être un écureuil.

A tout ce qu'il pourra se dire
Il nous faut, pour le mieux instruire,
Joindre ce proverbe succinct :
Qui trop embrasse mal étreint.

LE POULET

Petit poulet, petit poulet,
Que fais-tu donc là, s'il te plaît?

Tu viens toujours dans le parterre,
Au lieu de t'en aller ailleurs;
Tu nous tires toutes nos fleurs :
Vraiment tu ne te gênes guère.

Petit poulet, petit poulet,
Va-t'en bien vite, s'il te plaît.

Et prends garde qu'on ne te voie :
Petite maman te prendrait,
Et petit papa te battrait.
C'est pour ton bien qu'on te renvoie.

Petit poulet, petit poulet,
Va-t'en bien vite, s'il te plaît.

MERE L'OIE

Mère l'oie arrive en hochant la queue,
Son grand bec ouvert sifflant d'une lieue.
Un autre aurait peur d'en être avalé ;
Mais toi, vainement ton cheval se cabre,
Alerte ! mon Jean, et tire ton sabre,
Petit cavalier du manche à balai !

Jean n'est plus petit ; c'est un capitaine :
Sur son grand cheval il part, il dégaine,
Et les ennemis vite ont détalé.
Il frappe sur eux d'estoc et de taille,
Et gagne tout seul la grande bataille,
Lui, le cavalier du manche à balai !

Dans son château d'or le Roi vous l'emmène,
Pour y visiter madame la Reine.
Jean est auprès d'elle à table installé.
Bravo !... Mais que tant d'honneur et de joie
Ne t'aveugle pas : veille à mère l'oie,
Noble cavalier du manche à balai !

LE PETIT CHEVAL

— Maître forgeron,
Aidez-moi de grâce !
— Que faut-il qu'on fasse,
Mon petit luron ?

— J'ai pour ma monture
Ce petit cheval :
Il ne va pas mal ;
Mais la route est dure.

Et vous feriez bien,
A ce qu'il me semble,
De ferrer ensemble
Le vôtre et le mien.

Voilà ma prière.
Dites, voulez-vous?
Trois clous et six coups,
Ce sera l'affaire.

Boum, boum, bidiboum!
Et je pars bien vite
Sans rien craindre ensuite.
— Moi, mon gentil groom,

J'ai peu l'habitude
Des petits chevaux :
Mes clous sont trop gros,
Ma main est trop rude.

Mais pas de chagrin !
Dans mon tour de France,
J'ai fait connaissance
D'un forgeron nain.

Haut comme une botte,
Ses outils et lui,
On les mettrait— oui ! —
Tous dans une hotte.

Fameux ouvrier
D'ailleurs pour sa taille,
Faut bien qu'il travaille
En petit métier.

Comme il ferre en ville,
Je vous l'enverrai...
Quand je le verrai :
Soyez bien tranquille !

LE PETIT TAPAGEUR

Savetier, savetier,
Retape-moi mon soulier.

On m'appelle rien-qui-vaille,
Garnement et brise-tout;
Mais bah! si j'use beaucoup,
C'est pour toi que je travaille.

Savetier, savetier,
Retape-moi mon soulier.

J'aurai du moins ton estime;
Et puis je soupçonne un peu

Qu'à mon âge aimer le jeu,
Ce n'est pas un si grand crime.

Savetier, savetier,
Retape-moi mon soulier.

Mon père, il est vrai, me gronde ;
Il prend une grosse voix,
Sans être au fond, je le vois,
Furieux le moins du monde.

Savetier, savetier,
Retape-moi mon soulier.

Ma mère aussi fait la moue ;
Mais elle rit plus souvent,
Voyant mes cheveux au vent
Et ces rougeurs sur ma joue.

Savetier, savetier,
Retape-moi mon soulier.

Mon petit voisin, j'espère,
Ménage les siens bien mieux ;
Ses pieds, comme ceux d'un vieux,
En font longtemps d'une paire.

Savetier, savetier,
Retape-moi mon soulier.

Il reste tel qu'on l'arrange ;
Toujours propre, et c'est, dit-on,
Un vrai bonnet de coton.
Est-ce bien une louange ?

    Savetier, savetier,
Retape-moi mon soulier.

De moi l'on dit : « Tête folle !
« Petit pinson babillard !
« Franc lutin ! » Voilà ma part.
Faut-il que je m'en désole ?

    Savetier, savetier,
Retape-moi mon soulier.

A l'école du village
Où nous allons tous les deux,
J'étudie et deviens sage,
Et lui reste paresseux.

    Savetier, savetier,
Retape-moi mon soulier !

A LA BELLE ÉTOILE

Il se fait tard ; la nuit commence,
Les cieux montrent leur voûte immense
    Toute d'azur.
A peine un soufle qui s'élève
Par instants émeut, comme en rêve,
    L'air tiède et pur.

Les rayons pleuvent des étoiles;
Les vallons, les sommets sans voiles
    En sont criblés :
Cependant que la lune étale
Sa belle lumière d'or pâle
    Sur les grands blés.

Au bord de la route déserte,
Dort en paix, parmi l'herbe verte,
    Une humble enfant.
Ses pieds sont nus, ses bras de même.
Rien, que sa robe, abri suprême,
    Ne la défend.

Sa tête, dans ses pâleurs fraîches,
N'a qu'un fagot de branches sèches
    Où se placer.
Un panier plein — de pauvres choses —
Près d'elle fait voir quelles causes
    L'ont pu lasser.

Pourtant — ô sainte insouciance!
O de la vive et pure enfance
    Pouvoir vainqueur ! —
Son trésor, en cette détresse,
Ce qu'elle garde et qu'elle presse
    Contre son cœur,

Ce n'est ni panier ni pochette,
Ni ce pain donné qui s'achète
      Toujours si cher ;
Ce sont les fleurs que, par la plaine,
Elle a pu ramasser sans peine,
      Sans rien d'amer.

Moisson bénie et que sans doute
Dieu, de sa propre main, ajoute
      A nos sillons,
Afin de garder une joie
Même à l'enfant dont le cœur ploie
      Sous des haillons !

Et voyez ! quelle paix profonde
A la petite vagabonde
      Il donne encor !
Et quelles splendeurs autour d'elle,
Que de douceurs il amoncelle
      Dans la nuit d'or !

Mais, quand le ciel serait plus sombre,
Enfant, ne redoute point l'ombre
      Aux noirs liens ;
Toujours les anges tutélaires
Te resteraient comme des frères
      Et des gardiens.

LA PÊCHE

C'est charmant de pêcher à la ligne : on demeure
Assis, les pieds dans l'eau, sur le talus penchant,
Sans bouger, sans souffler, l'œil fixe, et plus d'une heure,
Avec le cœur qui bat. — Oh! c'est fort attachant.
Mais il faudrait finir par prendre quelque chose,
Ne fût-ce qu'une branche ou bien qu'un vieux soulier.
Antoine, lui, n'a pas tant de chance. — La cause,
Il ne la conçoit pas : car il sait son métier.
Du moins il a bien fait tout comme il a vu faire :
Il n'a point à sa ligne oublié l'hameçon,

Ni le liége flotteur, ni l'appât nécessaire.

Bref, rien ne fait défaut, pas même le poisson.

Il en voit, et plus d'un, qui tourne et qui frétille,

Comme pour le narguer, à fleur d'eau, près du bord,

Jusque-là que le fil de la ligne en sautille.

Mais, quant à l'hameçon, bonsoir! Pas un n'y mord.

Non, ils préféreront, au lieu de cette proie

Si belle et copieuse, et qu'on leur vient offrir,

Quelque méchant ciron qui par hasard se noie,

Ou qu'il leur faut dans l'air, en sautant, conquérir.

Un tel entêtement est-il imaginable?

Antoine n'est pas fait, certes! pour y céder.

Mais sa petite sœur, d'humeur moins intraitable,

Se lasse d'être là derrière à regarder

Et sans voir rien venir! Un jeu moins sédentaire

Et moins silencieux serait mieux à son gré.

A quoi bon s'obstiner et se mettre en colère?

Ce malheureux succès dont son frère est outré,

Pour elle la raison en est claire à comprendre;

Et c'est — que les poissons encor sont trop petits,

Et qu'ils ne savent pas comment il faut s'y prendre

Pour être pris.

AVENTURE DE CHASSE

L'autre jour, à la brune,
Mon fusil sous le bras,
J'allais, cherchant fortune,
Dans les bois, tout là-bas.

Des perdrix ou des cailles
Criaient sous le genêt,
Et, parmi les broussailles,
Un lièvre se tenait.

C'est moi qui, je m'en flatte,
L'avisai le premier,
Un mouchoir à la patte,
Sur le bord du sentier.

Devant lui je m'arrête,
Touché de son émoi.
Il lève alors la tête,
Tourne les yeux vers moi.

— D'où te vient, pauvre lièvre,
Ce visage abattu?
Que murmure ta lèvre,
Et de quoi te plains-tu?

— Ah! dit-il, misérable,
Comme me voilà fait!
Que de peine m'accable
Pour un mince forfait!

Ne va plus brouter l'herbe
Aux champs des paysans :
Quand on touche à leur gerbe,
Ils ne sont pas plaisants.

J'avais pu me l'entendre
Dire dès le berceau :
Il m'a fallu l'apprendre
Aux dépens de ma peau.

— Ta cruelle aventure
M'afflige, cher levraut.
Adieu! Que ta blessure
Se guérisse bientôt!

Moi-même, après ta plainte,
Je n'irai plus si tard
Courir au bois, de crainte
D'un semblable hasard.

PETIT POUCE

ET PETIT DOIGT

« C'est le petit pouce

« Qui donne secousse

« A la prune douce,

« La met au panier,

« La met au gosier;

« Et dit sans remise :

« Viens çà, gros gourmand,

« Que je le redise

« Vite à ta maman. »

C'est la chanson du petit pouce
Qu'en Allemagne les mamans
Chantent, de leur voix la plus douce,
A leurs bons petits Allemands,
Les gardant par cette feintise,
Du péché de la gourmandise.
De même il se peut qu'on vous dise :
Ne grimpez pas dans les pommiers,
Ne fourragez pas les bordures
De fraisiers, ni les espaliers ;
Ne touchez pas aux confitures,
Au lait, au sucre, et cætera ;
Ou bien, si vous faites cela,
Mon petit doigt me le dira.

Or ce petit doigt me rappelle
Un fait – Paris
Pris
Dans une gazette fort belle,
Qui, par malheur, ne se vend pas :

C'est le *Conseiller des papas*,

Journal très-politique,

Et dont le rédacteur en chef et même unique,

Monsieur Gaston de R...., est un de mes amis

Depuis neuf ans déjà, tout autant qu'il en compte.

Voici donc ce qu'il y raconte,

Et que je vous transmets, comme il me l'a permis :

Mademoiselle Marguerite,

Une blondine à l'air discret,

Qui va sur ses six ans et qui déjà voudrait

Être jeune et non plus petite,

Chez elle, l'autre jour, toute seule au salon,

S'amusait avec son ballon.

Ce n'était pas trop une place ;

Mais le soin qu'elle prend et sa dextérité

Ont de tout accident, sans nulle vanité,

Écarté jusqu'à la menace.

Sa mère était sortie ; elle rentre, elle voit

D'un côté ce jeu téméraire,

De l'autre le globe de verre

Qui couvrait la pendule... en pièces. — « Cet exploit,

« C'est toi, Marguerite, sans doute,

« Qui l'as fait ? — Non, maman. — Et qui serait-ce, alors ?

« — Maman, je n'en sais rien. Tout à l'heure je sors :

« J'avais même emporté mon ballon... — Bien, j'écoute.

« — Quelques instants après, je reviens, et voilà !

« Le globe était cassé ; mais je n'ai vu personne.

« — Quoi ! pas même le chat ?—Non.—C'est ce qui m'étonne.

« Quel prodige ! Comment ! tu sors comme cela

« Juste pour le moment ?... Mais je vais tout de suite

« Savoir ce qu'il en est : voici mon petit doigt

« Qui me parle à l'oreille, et qui, comme il le doit,

« M'apprend que la coupable... hélas ! c'est Marguerite !

« Mademoiselle, ainsi, vous le voyez, c'est vous ;

« C'est bien vous ! — Oui, maman. » Et la mère en courroux

Du mensonge bien plus que de la maladresse

Gronde, et montre, d'un ton de sévère tendresse,

Que la grande vertu c'est la sincérité,

Et qu'on ne doit pour rien fausser la vérité.

La petite écoutait d'un air contrit. Le père

Survient : « — Pourquoi, dit-il, grondez-vous ce bijou ?

« — Parce qu'après avoir ici cassé ce verre,

« Elle a cherché... — Comment ! elle ? Mais pas du tout :

« C'est moi qui, tout à l'heure, en montant la pendule,

« Ai fait le coup. Oui, moi ! Vous semblez incrédule ?...

« — Non pas ; vous me voyez surprise seulement :

« Car Marguerite aussi m'a dit que c'était elle,

« Après m'avoir nié sur le premier moment,

« Et je ne comprends pas pourquoi ce changement.

« — Eh bien ! dis-nous cela, toi, ma petite belle :

« Oui, ta raison ?... — Papa, c'est que je le croyais.

« — Impossible! — Si fait. — Bah! quel est ce mystère?

« — Mais oui; puisque d'abord quand j'ai dit le contraire,

« Le petit doigt, tu sais, a dit que je mentais,

« Et que maman me dit que, lui, ne ment jamais. »

LA PETITE PARESSEUSE

C'est bien Pauline qu'on l'appelle;
Mais *fainéante* est son vrai nom.
On a beau crier après elle,
A tout travail elle dit non.

Elle s'étale sur sa chaise;
Elle y bâille de tout son cœur.
Son petit chat, elle le baise;
Elle bat sa petite sœur.

Elle sait ses lettres à peine,
Ne veut pas écrire du tout,
Et n'a jamais, sans quelque scène,
Dit ses prières jusqu'au bout.

Pour regarder à droite, à gauche,
Ses yeux ne sont jamais perclus;
Mais, quant au feston qu'elle ébauche,
Ses mains dorment bientôt dessus;

Et l'aiguille qui les chagrine
S'en va par terre avec le fil...
Pauline, petite Pauline,
Comment cela finira-t-il?

LE PELOTON DE LAINE

Prenez exemple sur Suzanne :
Voyez quelle douceur émane
De ce visage gracieux !
Quel air sage et laborieux !

Dès le matin elle se lève
Riante, et, quand le jour s'achève.
Elle rapporte un cœur joyeux
A l'ange qui lui clôt les yeux.

On ne lui marque point de tâche :
Elle s'occupe sans relâche.
A-t-elle besoin de repos ;
Le jeu vient alors à propos.

Écoutez-la — même à cet âge,
N'a-t-elle pas, dans son langage,
Un peu de l'ascendant discret
Qui des mamans est le secret ?

« — Monsieur Louis, venez, dit-elle :
« Ce n'est pas d'une bagatelle
« Qu'il s'agit, mais de dévider
« Ce fil, s'il vous plaît de m'aider.

« Tendez vos bras, et puis, de grâce,
« Restez tranquille à votre place ;
« Ou l'écheveau s'embrouillera :
« Et Dieu sait quand ça finira !

« Bon petit frère, que de peine !
« Mais aussi vois la belle laine,
« Et quels beaux bas je t'en ferai,
« Si tu la tiens bien à mon gré ! »

Elle peut bien avec son frère
Se donner ces façons de mère :
Car elle en a les soins aussi ;
Et ce sera toujours ainsi.

Oui, la tendresse maternelle
Se montre à peine plus fidèle
Et plus constante en sa douceur
Que la tendresse d'une sœur.

Tant que demeure la dernière,
L'autre n'a pas fui tout entière
Et l'on se sent, jusqu'au déclin,
Moins délaissé, moins orphelin.

Pour te garder cet héritage,
Petit garçon au cœur volage,
Aime ta sœur : tu lui rendras
Toujours moins que tu ne devras.

Vivez ensemble sans chicane,
Comme Louis avec Suzanne;
Et vous en serez réjouis,
Comme sont Suzanne et Louis.

LA SOUPE

ET L'ÉTUDE

R obert, lui dit-on, viens manger.
Le petit drôle arrive tout de suite:
  Il sait fort bien se déranger.
  Mais obéit-il aussi vite,
Et sans qu'il soit besoin d'autre façon,
Lorsqu'on lui dit : Viens prendre ta leçon ?

  Pauvres enfants, vous trouvez rude
  D'être contraints si nettement
  A montrer même empressement
  Et pour la soupe et pour l'étude :
  Je conçois votre étonnement;
  Et pourtant l'étude, qu'y faire?
  Comme la soupe est nécessaire.

Sans l'une le corps dépérit ;
Sans l'autre l'esprit s'abêtit.

LE DÉJEUNER

Assis au rebord de l'allée
    Ensoleillée,
Ils sont là trois petits enfants.
Ils sont venus, tout triomphants,
Pour déjeuner sous la feuillée,
Chacun tenant son petit pot
    Plein de lait chaud.

Ils ont vaqué de bon courage
    A leur ouvrage

Et, digérant pour le moment,
Tous trois mélancoliquement
Semblent se dire : Quel dommage
Que le lait s'épuise, et qu'enfin
L'on n'ait plus faim !

SERVITEUR !

Monsieur Bébé, quoi ! c'est vous-même
        Que je vois là ?
Vraiment, ma joie en est extrême.
Qui pouvait s'attendre à cela ?

Serviteur donc ! Quelles nouvelles
        Me direz-vous ?
Les cerises mûrissent-elles ?
Aimez-vous toujours le lait doux ?

Comment votre petit ménage
 S'arrange-t-il?
Monsieur Pantin devient-il sage?
A-t-il encor cassé son fil?

Votre petit oiseau, j'espère,
 Se porte bien?
Minet de même? Et son compère,
Monsieur Toutou non plus n'a rien?...

Tout cela va le mieux du monde
 Pour le moment.
Tant mieux! Faites-leur à la ronde,
Ainsi qu'à vous, mon compliment.

BÉBÉS ET TOUTOUS

Les bébés et les toutous
Ont assez les mêmes goûts.
Qui se ressemble s'assemble.
Les bébés et les toutous
S'arrangent au mieux ensemble.

Les bébés et les toutous
De leur nez sont fort jaloux ;
Ils aiment peu qu'on les mouche ;
Les bébés et les toutous
Préfèrent tendre la bouche.

Les bébés et les toutous,
Parfois même un peu filous,
Prendront bien sans qu'on leur donne;
Les bébés et les toutous
Ainsi n'ont troublé personne.

Les bébés et les toutous,
Dans la crème et les ragoûts
Mettent volontiers les pattes;
Les bébés et les toutous
Sont en cela Spartiates.

Les bébés et les toutous
Le sont moins contre les coups :
Cependant s'ils s'en affligent,
Les bébés et les toutous
Pour un seul ne se corrigent.

Les bébés et les toutous,
Comme de vrais loups-garous,
Gambadent, quand on les lâche.
Les bébés et les toutous,
Pourquoi les mettre à l'attache ?

Les bébés et les toutous
Dans les jardins font des trous,
Et n'ont souci des ampoules :
Les bébés et les toutous
Ne font pas pis que les poules.

Les bébés et les toutous
Sont, dit-on, bruyants et fous,
Au point qu'ils en étourdissent;
Mais quoi! bébés et toutous,
Quand ils sont las, en finissent.

Les bébés et les toutous
Ne vivent point en grigous :
Auprès d'eux, dans leurs lippées,
Les bébés et les toutous
Souffrent fort bien les poupées.

Enfin, bébés et toutous
Montrent vraiment mêmes goûts.
Qui se ressemble s'assemble :
Les bébés et les toutous
S'arrangent au mieux ensemble.

COMME

UN PERROQUET

Adolph est un petit garçon
Qui n'apprend guère sa leçon :
Cependant il s'est mis en tête
De n'avoir pas l'air d'une bête.

« — Mère, dit-il, toi qui sais tout,

« Dis-moi, je te prie, un proverbe

« Pas trop long, dame ! mais superbe.

« Je viendrai bien, j'espère, à bout,

« En le répétant à voix haute,

« De l'apprendre par cœur sans faute.

« Alors, quand on viendra nous voir,

« Si l'on m'appelle, je suppose,

« Pour que je montre mon savoir,

« Je pourrai dire quelque chose.

« — Ce ne serait que du caquet, »

Lui répond à cela la mère.

« Mon cher enfant, mieux vaut se taire

« Que parler comme un perroquet,

« Sans comprendre ce qu'on répète.

« Il faut autrement travailler,

« Et s'instruire, afin de meubler

« Non pas sa langue, mais sa tête. »

LES SOURICIÈRES

— Madame, ne vous faut-il rien ?
Voyez cela , regardez bien :
Des ratières, des souricières !
J'en ai de toutes les manières ,
A trappe, à coulisse, à ressort,
En bois, en fer : c'est bon, c'est fort.

Achetez, vous serez contente.

— Grand merci, monsieur Mort-aux-Rats!
Nous avons ici de bons chats,
Vraiment! qui ne nous laissent guères
Ni rats ni souris ordinaires.
Mais si, par hasard, vous aviez
Quelque bonne petite cage
Où je pourrais, sans badinage,
Mettre une souris à deux pieds,
Afin de la rendre plus sage,
Je l'achèterais volontiers.

— Non, je n'en vendais pas, madame,
Jusqu'ici; mais comme je vois
Bien souvent que l'on m'en réclame,
J'en aurai la prochaine fois.

LE BAIN

La petite blondine
N'a pas encor un an ;
Ce n'est qu'une bambine,
Aux bras de sa maman.

Ses cheveux, sous l'haleine,
Flottent comme un duvet.
Ses gencives à peine
Poussent leurs dents de lait.

En vain elle s'ingère
De vouloir tout saisir ;
Elle ne sait rien faire
Que manger et dormir :

Hormis pourtant de rire,
Et de pleurer aussi.
Mais son hochet la tire
De son plus grand souci.

Même quand on l'habille,
A moins qu'elle n'ait faim,
Elle est gaie et gentille.
Voyez-la dans son bain :

Elle est là qui gazouille
Comme un petit oiseau,
Et, comme une grenouille.
Qui clapote dans l'eau.

Son bain pris, la bellotte
Aura, sans autre jeu,
La soupe qui mijote
Pour elle au coin du feu.

Puis, dans sa maisonnette,

Elle s'endormira,

Bien contente et proprette...

Bonsoir, mon petit rat!

TOUT A FAIT MORT !

—Mon petit oiseau — car c'est lui ! —
Ne veut pas sauter aujourd'hui :
Sans plus bouger, quand je l'appelle,
Il se tient là, tout à fait mort...
Maman, quelle chose cruelle !
Il était si gentil d'abord...

Et puis sa chansonnette,
Il faudra m'en passer,
  Quand, dans ma chambrette,
  Je voudrai danser.

— Ne pleure pas, mon petit ange :
Nous irons te chercher, demain
Sans faute, au marché Saint-Germain,
Un oiseau pareil en échange.
Ta gaîté reviendra soudain.
Mais ta mère, autrement chagrine,
Si sa petite Catherine
Venait de même à la laisser,
Ne pourrait point la remplacer.

LE BONHOMME DE NEIGE

Le ciel est gris, la terre est blanche ;
Le givre pend à chaque branche.
Si loin que l'on porte les yeux
On ne voit que neige et que glace.

Le vent siffle, et cingle à la face
Ses coups de fouet prestigieux.

Mais bah ! s'il pince, c'est pour rire.
Il fortifie, au lieu de nuire,
Et met les gens en belle humeur.
Entendez-vous, dès qu'il s'agite,
Ces accents joyeux qu'il excite
Et qui vibrent dans sa rumeur ?

C'est un beau temps , c'est une fête.
Chacun à la lutte s'apprête.
Alerte, les vaillants gamins !
Ripostez à qui vous assiége :
A rouler les boules de neige
On n'a pas longtemps froid aux mains.

Allez donc ! N'épargnez en somme
Que les constructeurs du bonhomme :
Ceux-ci seront sacrés pour vous ;
Car c'est pour vous qu'ils s'exterminent,
Et le colosse qu'ils machinent
Doit être votre orgueil à tous.

Le voilà déjà qui s'achève !
Avec quel air crâne il élève

Son sceptre fait d'un vieux balai !
Sous la manne qui le couronne
Fait-il des yeux ! Que l'on m'en donne
Un plus magnifique, un plus laid !

On vient le voir du voisinage.
Il est vrai que ce bel ouvrage
Au souffle du printemps fondra :
C'est encor, sur d'autres statues
Qui vaudraient bien d'être abattues,
Un avantage qu'il aura.

LA PROMENADE

Comme est la nichée
Parmi le blé vert
Cachée,
Et comme à couvert

Se tient la fleurette
Sous les blancs flocons

Que jette
La neige aux vallons ;

Ainsi la fillette,
Qui ne peut trotter
Seulette,
Doit-elle rester,

Sans sortir qu'à peine,
Hors de son fourreau
De laine,
Son petit museau ;

Quand, par la gelée,
Elle est en traîneau
Roulée
Au long du hameau.

Sa mère l'installe,
Sa mère avec soin
L'emballe,
Pour aller si loin.

— A présent, minette,
Tenez-vous là bien
Doucette,
Sans déranger rien :

Ou bientôt, ma chère,
On verrait tombé,

Par terre,
Votre beau bébé.

Dans tout le voyage
Soyez, s'il vous plaît,
Plus sage
Que lui-même il n'est ;

Pour que, sans secousse
Aucune, et sans peur,
Vous pousse
Votre grande sœur.

Vous, Lucette et Blaise,
De tous les côtés,
A l'aise,
Courez et sautez.

Bref, que chacun joue,
Et montre tantôt
Sa joue
Rouge comme il faut !

LE GOUTER

Au grand air sur la neige
Les enfants ont sauté;
Ils ont dansé, chanté,
Et ce joyeux manége
Leur a bien profité.

Leurs cheveux tourbillonnent,
Et leurs fronts sont en feu.

Sans être las du jeu,
Il faut qu'ils l'abandonnent
Pour se refaire un peu.

Ils mangent leurs tartines,
Et causent cependant;
Et, chacun dévidant
Ses raisons enfantines,
N'en perd un coup de dent.

Le caniche aussi jappe
Pour demander sa part.
Si quelque bribe part,
Aussitôt il la happe,
En grondant du retard.

Mais, durant ces lippées,
Tambours, sifflets, grelots
Du moins sont en repos,
Et les pauvres poupées
Font trêve à leurs travaux.

L'ORPHELIN

— Ne t'en va plus à l'aventure ;
Reste avec nous, pauvre petit :
Je t'ai fait préparer un lit,
Et ne crains point qu'on en murmure.

Le ciel est noir, la terre est dure ;
Le vent dans les arbres mugit.

Que deviendrais-tu dans la nuit,
Sous la neige et sous la froidure ?

— Mon père et ma mère sont morts,
Et, par dedans comme dehors,
Je suis si seul sur cette terre !

— Pauvre enfant, calme ton chagrin :
Dieu voit ta peine, et l'orphelin
En lui toujours retrouve un père.

LA LEÇON DU CANICHE

— « Vois-tu, caniche, il faut t'instruire.
« Tu ne sais pas même épeler :
« C'est honteux ! Si tu savais lire,
« Tu pourrais beaucoup mieux parler.

« Attention ! j'ouvre le livre.
« Nous allons dire l'ABC,
« Caniche, et souviens-toi de suivre.
« Il faut être bien commencé.

« Regarde un peu cette machine :
« C'est un A. Tu peux bien dire A,
« Ou tâcher du moins, j'imagine…
« Tu bâilles ? Bon ! c'est toujours ça. »

Jacques ainsi, de lettre en lettre,
Poursuit sa démonstration.
Le chien écoute, et semble y mettre
Presque de la conviction.

En patience il prend la chose :
Pourtant, quand on arrive à l'O,
A ce son, qui comble la dose,
En aboyant il fait écho.

« Hau ! hau ! hau ! hau ! » Jacques de rire.
— « Bravo, caniche ! C'est très-bien.
« Restons-en là, car j'entends dire
« Qu'on ne doit abuser de rien.

« Puis, » ajoute-t-il d'un air tendre
Et profond, « je puis t'assurer
« Que, si c'est ennuyeux d'apprendre,
« Ce n'est pas drôle de montrer. »

Là-dessus, le maître et l'élève,
Sautant et gambadant tous deux,
Dans le jardin s'en vont sans trêve
Se délasser à qui mieux mieux.

LA CRÉCELLE DU PETIT DIABLE

Broum, broum, broum ! Et crique et craque !
Quel vacarme ! quel sabbat !
C'est la maison qui se détraque,
Ou le tonnerre qui s'abat !

— « Pis encore ! C'est le diable
« Que j'amène par la main,
« Et qui fait ce bruit formidable
« Pour se divertir en chemin !

« Attendez donc sa visite,
« Et ne tombez pas d'abord.

« Regardez-le bien tous : ensuite
« Vous vous sauverez, s'il vous mord.

  « Broum, broum, broum ! Et crique et craque !
  « Crécelle et diable en avant !
« N'ayez pas peur qu'on vous attaque :
« Tout ce bruit, ce n'est que du vent. »

LE GATEAU

Ce n'est pas rien de faire la cuisine,
Mais *pâtisser* est chose autrement fine.
Je n'ai jamais compris, en vérité,
Comment brioche est un mot adopté
Pour exprimer quelque lourde bêtise.
Brioche soit! Ceux qui la font exquise
Ne doivent pas pourtant être des sots.

En s'amusant de ces graves propos,
Blanchette est là qui façonne sa pâte
Adroitement, sans y porter de hâte.
La voilà faite, et voilà le four chaud!

« — Ai-je bien mis, au moins, tout ce qu'il faut!

« Pour m'assurer, relisons la recette :

« Hum !... Flan, biscuit... Ce n'est pas ça... Galette...

« Pas davantage! Ah! voici : sucre et lait,

« Pour douze sous : ajoutez — je l'ai fait —

« Farine, deux setiers, et demi-livre

« D'œufs... Non, de beurre, et des œufs, dit le livre,

« Autant qu'il est besoin : puis, délayez

« Et pétrissez le tout — oui! — Maniez,

« Incorporez... Oh! oh! Que sais-je encore,

« Moi, justement, comment on incorpore?

« N'importe! Enfin, mon gâteau sera bon,

« Pourvu qu'il vienne à sa juste cuisson. »

Bien dit, vraiment! Oui, le point difficile,

En toute chose et pour le plus habile,

C'est le dernier. Mais Blanchette, du moins,

A l'obtenir aura mis tous ses soins,

Tout son talent : car elle a l'espérance

Que son papa, non point par complaisance,

Voudra goûter à ce mets précieux;

Et sa poupée a sur elle les yeux.

Hélas! petit Jésus,
 Nous sommes bien en peine
De n'avoir qu'un refus
 A la Noëi prochaine.

On nous a dit jusque-là
Qu'il faut être si sages...
Huit jours! C'est long cela.
Nous n'avons plus d'images.

Ma sœur a mis ses plats,
Son ménage en miettes;
Sa poupée est sans bras,
Mon mouton sans roulettes!

Tous nos joujoux sont vieux :
Il nous en faudrait d'autres.
Mais ce qui vaut le mieux
C'est d'en avoir des vôtres.

Donnez-nous-en surtout,
Car maman se tourmente;
Donnez-nous-en beaucoup,
Pour qu'elle soit contente.

Et, ces présents si doux,
S'il faut qu'on les mérite,
Bon Jésus, aidez-nous;
Notre force est petite.

— Enfants, rassurez-vous,
A dit Jésus lui-même,
Et confiez-vous tous
A Celui qui vous aime.

La peur qui vous émeut
Ne saurait lui déplaire.
Mais qui fait ce qu'il peut
Fait tout ce qu'il faut faire.

TOUS LES JOURS D'ÉTRENNES

Enfants, ne vous plaignez pas trop de votre temps :
Dans le nôtre, voilà quelque vingt ou trente ans,
Nous n'avions dans l'année en tout qu'un jour d'étrennes,
Où papas et mamans, et parrains et marraines
Se dussent envers nous mettre en frais de cadeaux :
Celui du nouvel an. Pour vous, heureux marmots,
L'usage, en vous gardant cette première fête,
Y joint encor Noël et Pâques. Sur ma tête,

C'est un progrès cela! Pâques, avec ses œufs
Qui couvent, dans leurs flancs féconds, mystérieux,
Tant de bonbons et tant de chères bagatelles,
Noël avec ses dons, ses surprises si belles
Qu'à ses petits amis fait le petit Jésus,
Oui, désormais à tous vous doivent leurs tributs,
Et vous restent acquis non moins que la journée
Par laquelle Janvier inaugure l'année.
Trois bonheurs au lieu d'un! Le gain n'est pas petit.
N'allez pas cependant vous mettre en appétit,
Et vouloir qu'on vous donne encor la Pentecôte,
Que sais-je? et la Toussaint : ce serait une faute.
Donc sachez vous borner. Lorsque l'on est à trois,
Comme dit le proverbe, on doit faire une croix.

Voyez-vous bien, enfants, dans ces sortes d'affaires,
Quoi qu'on en puisse dire, on n'improvise guères :
Il faut qu'une coutume arrive, et, sans fracas,
Par degrés s'insinue; on ne l'impose pas.
Les deux dont il s'agit, maintenant implantées,
N'ont pas été pour vous d'un seul coup inventées,
Mais simplement, cédant à vos vœux obéis,
Reprises d'autrefois et des autres pays,
Et parmi nous d'abord à des essais bornées,
Puis admises en grand et perfectionnées.

Pâques, au temps jadis, apportait bien des œufs,
Mais simples œufs de poule et semblables à ceux

Qu'en toutes les saisons on mange en omelette,
Sinon qu'on les vendait par la rue, en charrette,
Cuits durs, non pas à point : vous connaissez cela,
Et le rouge criard dont on les barbouilla.
Mais quant à tous ces œufs de sucre blanc ou rose,
Que Pâques maintenant à nos regards expose,
Pimpants, enrubannés, ils n'étaient point connus.
C'est pour votre bonheur qu'ils ont été pondus.
Ils viennent des premiers, la chose est positive :
Mais on a bien brodé sur la forme native.

Cependant c'est Noël qui progresse surtout,
Qui vous gâte, et se fait, pour ravir votre goût,
Tous les ans plus prodigue, ingénieux, féerique.
Ah ! le temps est bien loin de ce soulier unique
Qu'entre nous les heureux, ceux qu'on voulait choyer,
Avaient droit de glisser le soir dans le foyer,
Pour avoir quelque part aux trésors de largesse
Épandus par les airs dans la nuit d'allégresse.
Où l'on glanait jadis on moissonne à présent.
A présent ce qui s'offre au bienfait complaisant,
C'est un joli sapin, avec ses branches vertes
Qu'il étale en tout sens, comme des mains ouvertes.
Tout s'y prend, tout y tombe ; et, quand l'heure a sonné,
On ouvre le réduit, l'endroit prédestiné :
La famille se presse aux portes élargies,
Et l'arbre de Noël, flamboyant de bougies,
Dans sa gloire apparaît aux enfants éblouis.

Quel spectacle! Aux rameaux eux-mêmes réjouis,
Des rubans chamarrés flottent en banderoles,
Et, du lustre enchanté formant les girandoles,
Des cristaux de bonbons et des bouquets de fruits
Y pendent. Au-dessous, d'autres joyeux produits,
Sur la table, non moins merveilleux, s'amoncellent
Et sur le plancher même en désordre ruissellent :
Pantins, sabres, tambours, maisonnettes, drapeaux,
Ménages assortis, bébés dans leurs berceaux,
Et le cheval qu'on monte ou bien que l'on charroie.
Enfin tout ce qui fait et l'envie et la joie
Des enfants et, par suite, aussi de leurs parents.
Devant tant de splendeurs, de trésors différents,
Intimidé, saisi, l'enfant qu'à peine on sèvre,
Qui n'a rien vu de tel, reste un doigt sur la lèvre,
Les yeux écarquillés, comme prêts à pleurer.
Pour que de son bonheur il ose s'assurer,
Il faut que par la main on le prenne, on le mène,
Qu'on lui fasse toucher que la chose est certaine.
« Quoi! tout cela pour moi? dit-il. Le croirait-on?
« Oh que l'enfant Jésus est riche et qu'il est bon!
« Enfant Jésus, merci! De tout mon cœur je t'aime.
« Reviens encor vers nous, viens tous les jours de même. »

Enfants, vous n'êtes pas tous si bien partagés.
Pour beaucoup d'entre vous ces arbres ménagés
Ne rayonnent encor qu'aux vitraux des boutiques;
Mais déjà tous les fruits n'en sont pas chimériques,

Et, gardez-en l'espoir, bientôt, de tous côtés,
Vous verrez propager leurs heureuses clartés.
C'est du Nord que pour vous arrivent ces lumières.
Là, dans tous les logis, des palais aux chaumières,
Tous les petits enfants, la veille de Noël,
Et les plus pauvres même, ont leur arbre tel quel.
C'est leur fête, et, vraiment! il n'était que trop juste
Que ce jour, où jadis naquit l'Enfant auguste
Par qui revit le monde au salut ramené,
Devînt pour les enfants entre tous fortuné.

C'était le moins aussi, quand tout s'améliore
Et que, grâce aux chemins de fer, et grâce encore
Aux bateaux à vapeur, tant d'agréments nouveaux,
Tant de bienfaits pour nous chaque jour sont éclos,
Oui, c'était bien le moins, enfants, qu'un tel usage
Dans l'échange commun vous revînt en partage,
Et vous fît tout d'abord bénir comme enchanté
Ce siècle d'industrie et de félicité!

LE

LENDEMAIN DU JOUR DE L'AN

Taratata! fait la trompette,
Et le tambour bat : rantanplan !
Tout danse et chante et pirouette;
Tout est beau, tout est en toilette,
Le lendemain du jour de l'an.

Il faudrait être bien malade
Pour ne point s'en aller dehors.
Joyeusement chacun s'évade;
Chacun veut, pour la promenade,
Se parer de tous ses trésors.

L'un apparaît le casque en tête,
Le sac au dos, le sabre au flanc,
Comme un milicien qui s'apprête
Pour quelque belliqueuse fête,
Grave, superbe, s'étalant.

Avec son bonnet d'astronome
Et son cheval fait d'un bâton,
Cet autre a l'air d'un petit gnome.
Donnerait-il pour un royaume
Sa gibecière de carton?

Mais ce sont surtout les poupées
Qui triomphent en ce grand jour.
Toutes battant neuf équipées,
Les fillettes les plus huppées
Ne les tiennent qu'avec amour.

Plus d'une, par ses soins de mère,
Est mise en un terrible émoi :
Ce n'est jamais petite affaire
D'avoir à diriger sur terre
Un enfant aussi grand que soi.

Enfin bien ou mal on s'en tire ;
Et chaque petite maman
A l'une, à l'autre fait sans rire
Admirer sa fille, et l'admire
Elle-même sincèrement.

« Quel air doux ! quelle humeur commode !
« Quel joli bonnet que le sien !
« Avec ce galon qui la brode
« Comme sa robe est à la mode !...
« N'est-ce pas qu'elle est vraiment bien ?... »

Puis on arrive avec adresse
A montrer ses propres atours...
O beau jour ! ô jour d'allégresse !
Dans ta splendeur enchanteresse
Que ne peut-on rester toujours !

LE SOMMEIL DE L'ENFANT

eureux l'enfant! Lorsque, pour
cette terre,

Sous les baisers dont le berce sa mère

Il a fermé ses yeux,

Sa petite âme, aux doux concerts des anges,

Qui du Dieu bon lui chantent les louanges,

S'éveille pour les cieux.

Comme un petit oiseau, lorsque de terre
Il est repris par l'aile de sa mère
Qui le dérobe aux yeux,
Ainsi va-t-il, sur les ailes des anges,
En bégayant les divines louanges,
Respirer l'air des cieux!

*

Seigneur Jésus, faites que, sur la terre,
Après avoir réjoui de ma mère
Et le cœur et les yeux,
Sans peine, un jour, je puisse avec vos anges,
Digne comme eux de chanter vos louanges,
Remonter vers les cieux!

FIN

TABLE

Paris. — Imprimerie de J. CLAYE, rue Saint-Benoît, 7.

www.ingramcontent.com/pod-product-compliance
Lightning Source LLC
Chambersburg PA
CBHW060812250626
47162CB00005B/1763